ホール・ニュー・ワールド
村松仁淀
書肆 子午線

カバー・トビラ写真　村松仁淀
装幀造本　稲川方人

目次

ホール・ニュー・ワールド

此の濱よする大濤は
カリフォルニヤの岸を打つ

旧制高知高校南溟寮・寮歌

オープンウォーター

ズニは宝石を、ナヴァホは毛布を
われわれアパッチは金を作るのだ
ウェンデル・チノ

海千山千を誇った
従者たちは老いて
わずかに崖のような土地だった
追跡を逃れ留まった土地だった
豪族と豪族が争い
矢の流れたことに因む地名だが
柳を枯らす海風の
ふくみなどもあるのだと思った

おれの実績は悪名高い
カリフを絨毯に巻いて
軍馬で踏みつけて処刑したこと
道を譲らなかったのに
警察に捕まるということもない
なぜならおれのほうが
捕まえたのだから——
そしてかれらにさえも君臨した
通行には重い税を課し
気まぐれに特赦を与えたりした

崖に巣作る海鳥という
かれらは実によく励んでいたが
おれは声をあげ
水先案内を引き受けた

シラスウナギの群れを追いかけ
漁船が去っていくとき
尾をひく白波に残ったわずかな
ウナギのために
おれは港に残る選択をしたのだ
サンディエゴの海上監視員たち
ピューゼットサウンドの保安船
リザベーションエリアに生まれ
かれらは同じ理念に生きていた
捕鯨が犯罪でない時代もあった
なにもかも遠い過去の話である
パチンコ屋がホテルを経営して
こっそりおれはそこへ投資した

古い民は貧しい

日に焼けた運転手、とぼとぼと
歩く初老の遍路
うどん屋に入る
男たち、女たち
古い民は貧しく、まばらであり
道理をわきまえない人々だった

まもなくおれは
急き立てられて両脇を抱えられ
砂浜を引きずられてゆくそうだ
モーターの壊れた小船に縛られ
沖合いへおれは流されるようだ
おれは抗わずに
沖合いのどこへなりと流れよう
この広い海で行き逢う可能性が

わずかなことなど承知のうえだ
馴染の見晴らし
海を一望できる
休憩所が砦だったのだから——
十分な金を蓄え
次の漁期まで特別な予定はなく
白い装束の姿で
おれは沖合いへ流されるだろう

重力と恩寵

尾根から尾根まで背負子に
鰹節、蜂蜜漬や婦人用雑貨
運び商いして暮らしていた
連中のことを忘れはしない
進駐軍に盗んだ壺を売って
茶畑をめちゃくちゃにして
いつのまにかいなくなった

十年後やつらは戻ってきて

恥知らずにも屋敷を構えた
ダムの測量を任されたなど
毎度言うことが変わるから
ついに互助会の協議となり
問題を起こすまえに内密に
私刑して埋めてしまおうと
反対意見なしで決められた

無慈悲と思うならあんたが
代わりに埋まってくれるか
鈴を鳴らして地下蔵に座り
家族を十分泣かせるがいい
選ばれた男はいつの時代も
ラザロのように甦るだろう
悲しげな表情でうなずくと

かれは本当に自分を埋めた

ろうそくの灯が実に明々と
平凡な人生を照らし大きな
影絵を作るからおれたちは
平凡でない瞬間だってある
あの世から見た現世の景色
想像も及ばないことである
その晩山際にかかった月は
腐敗した柿を思わせるほど
赤く大きく滲んでいたのに
月は小さな岩石に過ぎない
十年後に墓荒らしがあって
かれの亡骸は持ち去られた
それは丁寧に蠟を塗られて

麓の町営の文化センターに
所蔵されているという話だ

ジス・チャーミングマン

菩提心として焼け残った
だれにも素顔を教えずに
素肌ばかりを見せたのを
水子の供養のようにして
阪神高速の摩耶あたりの
北の山際で生まれた仏が
仏母に抱かれる朝焼けを
テールランプ追いかけて
行方もなく流すタクシー

酔いつぶれて眠る同僚へ
黙って肩を貸してやった

ついにその翌月ごろには
孤独な親戚を訪ねて歩き
花や菓子を配ってやった
暑い真昼の喫茶店へ入り
熱いおしぼりで顔を拭き
また産婦人科の待合室で
ワイドショーを眺めたり
そんなときに涙ぐむから
急にどうしたの、なんて
笑わせるような男だった

あの手この手の猿芝居が

猟官の役にも立つだろう

羽衣を纏って月へ帰った
女房を慕い泣く十五夜に
ルイヴィトンが撤退して
ローレックスが進出する
噂は噂に過ぎぬけれども
ジス・チャーミングマン
その手のことには詳しい
バビロンを背に南へ去り
いくつかの山々を越えて
いくつかの田畑を過ぎて
いくらかは馬齢を重ねて
この入り江に辿りついて
寝仏のように横になって

流木を数えながら、遠く
対岸のアメリカを感じる

ラブストーリーは突然に

われわれは多い
マタイ八・二八−三四

靴を脱いでパジャマを脱いで
意地でもそこに残りたかった
匂い消しの匂いが染みついた
部屋の感じが好きだったから
ひとりでテレビを観ている晩
着飾っただれかが会いにきて
金持ちが女中を抱くみたいに
可愛がってくれるはずだった
主人は庭になにかを植えたが

少しも嬉しいと思わなかった

羽布団にくるまっているとき
わたしはいつでも幸せだった
女はモニタに向かって語ると
たちまちかき消えてしまった

*

ルールを守れない人間は出て
いけと云われたので出ていく
銀座もだいぶ変わったみたい
マッシュルームボブカットの
ガリガリの
陰気そうな

兄ちゃんが
コンタクトレンズの割引きを
しきりに勧める地下鉄の駅前
あなたには誠意がありそうで
あなたには幸福が似合わない
下手糞な美人の路上シンガー
違う歌詞だったかもしれない

なにを隠そうおれはレゲエの
神様なんだ
ベースがすごくてピアニカが
すごいやつ
それはレゲエのなかのひとつ
ダブのこと
レゲエはライフスタイルだよ

バビロンシステムに抵抗して
愛に生き、愛に死にたいんだ

でも本当に
神様なんて
いるのかと
考えだしてからがまずかった
神様なんて
喩えでしょ
慈愛は喩えようもなく大きい

ミニストップでコーラを買い
ひとりわびしく飲みながらも
かれはあまねく存在している
かれと歩く

東京の街は
アポカリプスの予感に満ちて
コーンロウ
礼儀を知らない連中もやがて
毒麦のように選り分けられる

ミラコスタで結婚式したのに
なんで年賀状だと角隠しなの
わからない

あたしは酒を飲むようになり
かれはへんな店に出入りして
かれだって
女の子ならだれでもいいんだ
神様なんだ　あたしの　主よ

ダーウィンが来た

日曜の市場を歩くひと
日曜の朝　日曜の
並ぶソテツの木の下で
タヒチのような
雰囲気のなかで
奥さんが自慢で
奥さんが　奥さん——

頼むよ　いいんだろう
今日じゃなくても
それはいいじゃないの

確かに　いい
腰蓑で腰をふるダンス

目を丸くした
東京の夫婦　結婚十年
夕立が襲う

逃げまどう踊り子たち
嬌声を上げ動物のよう

ニッキ水、文旦
干物と刃物研ぎ、うん
とってもフルーティー

ホテルに戻って
シャワーを浴びてきた
自慢の奥さんは髪を
巻いてチークを入れる

下卑た連中
アロハで乾杯
死ぬほどタバコを吸う

警官が立っている——
しかしなんのために？

相席になった
岡山の営業マンふたり
接待ゴルフで腕が太い

ダーウィンが来たなら
腕相撲　レディーゴー

昔はああだった
ぼくにもいたよ
ぼくにも　友達がいた

学生霊歌《がくしょうれいか》

だれであれ
アメリカ人である
ロングフェローのように
フォレスト・ガンプの
ように走ってゆけば
大丈夫か——大丈夫なんだろうか
ついに玄関へ走りだし、戸を
蹴破って、じめついた廊下で
ふと思慮深くなったように

うつむき歩く

あれからそのまま、歩いて
ここまで来たのだった――

＊

風が川沿いの柳を揺らし
浴衣地ふくらます、夏の晩
フルーツパーラーにでも行こうや
まずは郵便局へ寄ろうか
蚊が、うるさく
色々な思い出がうるさい
歩いてきたなんてウソをつくなよ
這ってきたのだから――女の

霊のように――井戸から――
あの水は名水であり
日本は水のなかをめぐって
おれの霊も
じめついた廊下を、めぐって――
とりわけ今日みたく
じとじとと雨降る晩ならば――
井戸――井戸を開けておくれ――
聞こえてはこないか

＊

アメリカ人は
法学・医学・物理学、あらゆる
学問に通じているのか

「スプーク」と呼ばれた
青黒い人々も、いざ大学に入れば
市民なのか
おれにはとうてい信じがたい
だが
みなが信じる伝承を
みなの presence で疑うことは
日本の霊魂ではない、だから
おれは、信じている
難民のように
煤けた膝小僧を抱えて——水、
水をください——水を——
聞こえてはこないか

這ってでも——行かなければ

アメリカへ――
しかしながらおれたちは霊魂――
大学に入ることは、可能だろうか
聞こえてはこないかい
焦土を転げまわる学生のうめきが
おまえには聞こえていないのかい

ボーイズ・ン・ザ・ウッド

宴会承り〼などと書かれた
看板そして破れた
ビニールハウス群
さらに川沿いを上流へ辿り
竹藪と椎茸の榾木をわけて
山の奥へ山の奥へ
そこにかれは半跏していた
山の奥に半跏して
及びもつかぬほどのすごい

奥山の深山の奥で
結跏趺坐から半跏に戻して
雨がやむとじきに
夕暮れの遠い頂きを無量の
日が照らすときは
あれが大悲の表現だろうか
無縁仏の墓石の苔にかかる
雨粒が輝くときは
それを眺めながら
じつに蕭然とした
菩薩の姿勢のまま小便して
いかなる悲しい思い出さえ
かれを感動はさせなかった

没薬を焚いてその煙を嗅ぎ

盆から水を受け口を漱げば
赦されるのだと教える司祭
驚くほど似ていた
月の明るさを標に
バーベキュー場へ
残飯を求めている乞食入道
にせの預言者なのか
信仰は河原の石につまずき
月をふりさけみたのだった
秘密にするほどの
東密、台密もない
どちらかというと
噴飯ものの話なのであろう
国道三十三号線沿いにある
スナックからはなよなよと

デュエットの歌声
灯に溶けて漏れていたから
今晩お会いできてよかった
などという具合の
酒にしわがれたママの声が
路傍に佇むかれには泣けて
山を出たいとはじめて思う

阿吽

社会などというものは
存在しない。あるのは
個人と家族だけである
マーガレット・サッチャー

人間としての魅力のなさが
人間の仕事の動機であった時代
われわれの親たちは貪るように
本を読んでいた
人間としての魅力のなさを
克服するためではない
かれらは仕事のために
まさしく生きのびるために
貪るように読書をしたのである

Whole New World

ホール・ニュー・ワールド

矩形の軽トラが海を渡っていく

藤本哲明

誰しもがいっけんして気づくゆえに言及しないことかもしれないが、本詩集『ホール・ニュー・ワールド』所収のほとんどの詩作品は、各連が矩形のブロックを成している。詩行をどのように配置していくか、あるいは行を分けるという詩的営みは書き手の手癖といった牧歌的な領域には属していない。本詩集の実作者である村松仁淀は、自らの詩作品を構成するなかで連ごとの矩形ブロックをひとつの制約として課しているようにみえる。その制約自体は、どこかの詩的トライブ、あるいは詩そのものというイデアルな存在に由来しているわけではないだろう。深刻にして間の抜けた話かもしれないが、書き手である村松自身

1

が誰に命じられるわけでも、要請されるわけでもなく彼の詩作品に自ら望んで矩形という制約を課しており、さらに言えば、この矩形の形作る境界は、その内部に何か護るもののある結界のごときもののようなのだ。

　時間を少しばかし巻き戻したい。村松は、かつて「難渋詩篇」（共同詩集『過剰』所収）という詩を書いた。そこには「だれであれ／おれはおまえを許さない、／もしも詩が、おまえを／許すな、と命ずるのならば」と綴られてあった。この不穏で息苦しいパンチラインにおいて、「おれ」や「おまえ」が誰をあるいは何を指すのかは明示されていない。ただ、詩に命じられたという独りの主体である「おれ」が、詩に命じら

れる限りで遍く「おまえ」を許さない、という構造だけが碑文のように刻まれている。「おれ」と「おまえ」が約束された抒情的な関係に立つことをあらかじめ拒むように、ほとんど絶対者の面をして二つの主体のあいだに打ち込まれる楔。それが詩と呼ばれるなら、「おれ」は「おまえ」と呼ばれる者にいつだって滑り落ちることができるし、同様に、「おまえ」が「おれ」を背後から刺すことも可能だろう。厳つく強情なこの詩篇は、「おれ」と「おまえ」の間で生じる抒情を峻拒することで、詩のイデアルな実体化と詩の無謬性を前にした何の庇護も許されない詩的主体の骨相を描いてみせた。

爾来十年弱経った。本詩集『ホール・ニュー・ワールド』へと結実するその後の村松の詩業は、詩の前におけるいっさいの平等という彼自身が打ち込み、また被った慈悲のない軛をその手で解き放ち、詩という器を破壊、再生していく過程であったように思う。というのも、詩というイデア、詩というクラシック、詩という絶対に揺るがないはずの媒体は、村松の詩作品たちに息づくいっさいの詩的主体を平等に抱擁するには端的に言って、不具の器であったからだ。もし詩という器が無謬なら、這ってでもアメリカを目指そうとする「焦土を転げまわる学生のうめき」（「学生霊歌《がくしょうれいか》」）は「おれたち」の霊魂として既に聴き取られていたはずであり、オリンピック半島への移民であるお気楽なインド人である「おれ」が「おれは人生を　店先に並べ／それが売られていくたびに／それを奪還し飲み込みながら生きてきた」（「ラブストーリーは突然に 2」）と自身の人生をたった三行で要約する必要もなかっただろう。まして、土地を棄てた者の名が空港に冠せられた地において「土地を棄てなかった者／かれらのための／一行の碑文もなかった」（「遠い部屋」）という率直な事実が突きつけられることはなく、小船に縛られ沖合いへ流されてゆく白装束を来た「おれ」が、「カリフを絨毯に巻いて／軍馬で踏みつけて処刑した」（「オープンウォーター」）過去を持っていたなどという破天荒な接続が成り立つこともなかっただろう。

『ホール・ニュー・ワールド』に棲息する詩的主体たちは、詩という絶対者の前で平等に庇護されることのない「おれ」と「おまえ」という人称の関係からすら遠く棄損された場で、自分たちの属する新しい固有の地を目指すこととなる。それは遠く対岸のアメリカ（「ジス・チャーミングマン」）であり、ザイオンよりもはるかな須弥（「阿吽」）であり、新しい王国（「スウェットの王者」）であり、かれら自身のための新大陸（「メエルシュトレームに呑まれて」）であるのかもしれない。しかし、新しい固有の地がどこであるのかが問題なのではない。重要なのはそこへと至る器の様態であり、乗り物の方であるのだ。本詩集のタイトルがその主題歌から借りているディズニー映画『アラジン』には、空飛ぶ絨毯を前にして本当に空を飛ぶことなどできるのか怯む少女に「ドゥ・ユー・トラスト・ミー？」と男が手を差し伸べるシークエンスがある。本稿冒頭で述べた矩形ブロックという結界は、この空飛ぶ絨毯に擬せられてよいだろう。ただし、この矩形の結界は、同時に、その車内に軍歌や演歌があとからあとからあふれ、山の彼方へレゲエを届ける「軽トラ」（「阿吽」）でもあるようなのだ。軽トラの車内の男は、両目には涙を、その魂にはリディムをあふれさせつつそっと手動で窓を開け、その手を差し伸べて言うだろう。

チャンスは木に
　なっている——おまえは
　　手をのばせばいい
スカしたポンビキ
くされビッチども
金より別のことを
　期待するのは筋違いだぜ
　まぶしい光の大きな町で
　　　　　　（「リズム・ネーション」）

村松仁淀とはそういうやつである。彼の罅割れた詩の器は、矩形の軽トラとなって海を渡っていく。

沁みるものの到来を待つ町で

稲川方人

このところ（仕事上の必要もあって）亡くなった筒美京平の曲をずっと聴いている。罵倒すべき馬鹿たちも闘うべき敵もウヨウヨといたつい最近までの世界が、いまは愛しく懐かしいから、南沙織やいしだあゆみや平山三紀や中原理恵の歌が、僕には死にたくなるほど沁みてくる。馬鹿も敵もいまなおいることはいるが、いまなおいる馬鹿や敵はちっとも懐かしい顔をしていない。愛しく懐かしい顔を想う、このひたすら後ろ向きの感情の如何を黙って理解できない感性には、村松仁淀の詩は読めない。村松と藤本哲明と、『ホール・ニュー・ワールド』とほぼ同時期に詩集を出した大野南淀の（ブランキー・ジェット・シティのような）共作『過剰』は、愛しく懐かしい世界の最終的な詩集だったと今更のように思う。予期もせずに最終的になってしまったということだ。『ホール・ニュー・ワールド』のいたるところに潜在する「物語」もまた二〇二〇年以後の世界に向けて、最終的な予感を孕む。

仮にその「物語」が、懐かしい馬鹿や懐かしい敵のいない現世界の誰ひとりにも背負われなかったとしても、村松自身は必ず誠意のうちに、それを回収するだろう。誠意とはそういうものである。その誠意とは裏腹に顕現する、村松の巧みな詩の語りは、もしや方法的・文学的な優劣から対象化される可能性もあるが、かような議論はこの詩集の一部に属する評価に過ぎない。付言すれば、こうした不安定な評価に藤本哲明の諸作も大野南淀の『アラバマ太平記』も晒されるはずだが、願わくは、そこからこそ彼らの巧みな詩学が飛躍していかれんことを。潰れかかった想いがひとつ、酒に火照った身がひとつ、雨のなか傘もささずに、四天王寺まで、と嬉しくもまるで歌謡曲のように書き出される傑作「リズム・ネーション」が描く、天空の幾多の星ほども遥か彼方に息づいている「まぶしい光の大きな町」で、僕は（僕らは）たったひとりになったとしても、愛しく懐かしい世界のことを忘れずに思い、やがて到来するだろう、心に沁みてくるものを待とう！

郵便はがき

お手数ですが
52円切手を
お貼りください

3 6 0 - 0 8 1 5

埼玉県熊谷市本石 2-97

書肆 子午線 行

○本書をご購入いただきまことにありがとうございました。今後の出版活動の参考とさせていただきたますので、裏面のアンケートとあわせてご記入いただき、ご投函くださいますと幸いです。なおご記入いただきました個人情報は、出版案内の送付以外にご本人の許可なく使用することはいたしません

○お名前《フリガナ》

○ご年齢

歳

○ご住所

○電話／ FAX

／

○ E-mail

読者カード

書籍タイトル

本書をどこでお知りになりましたか

1. 新聞・雑誌広告（新聞・雑誌名　　　　　　　　　　　　　　　　）
2. 新聞・雑誌等の書評・紹介記事
（掲載媒体名　　　　　　　　　　　　　　　　　　　　　　　　　　）
3. ホームページなどインターネット上の情報を見て
（サイト名　　　　　　　　　　　　　　　　　　　　　　　　　　　）
4. 書店で見て　5. 人にすすめられて
6. その他（　　　　　　　　　　　　　　　　　　　　　　　　　　　）

本書をどこでお求めになられましたか

1. 小売書店（書店名　　　　　　　　　　　　　　　　　　　　　　　）
2. ネット書店（書店名　　　　　　　　　　　　　　　　　　　　　　）
3. 小社ホームページ　4. その他（　　　　　　　　　　　　　　　　　）

本書についてのご意見・ご感想

＊ご協力ありがとうございました

書肆子午線　電話：048-577-3128　FAX：03-6684-4040
E-mail：info@shoshi-shigosen.co.jp

やがて子が生まれると
親たちの多くは読書を
やめ、やめなかった幾人の
うちほんの数名が作家になった
嫡子すなわちわれわれとしては
ぼんやりそれを眺めるほかない
かれらの庶出した失敗作を——
異議を申し出る
あなたに聞くが
あなたは格別善く生きるために
あなたの父を愛するのだろうか
あなたの読書は興味本位だろう
興味本位の読書であっても
十分立派な習慣ではないか

あなたは言うけれども
そんな習慣なしにあなたは
十分立派な人間ではないか
あなたにはもっとあなたらしく
あなたにしか関わらない題材へ
取り組んでもらいたいのである

われわれのうち
ある者はこんなふうに熱弁して
明け方かれ自身が書斎にこもる
かれが山のなかで雑踏について
雑想をまとめておれは雑草だと
自嘲するとき雑草という名前の
植物は消滅する
牧野富太郎博士なら言うはずだ

雑草という名の植物は絶滅する

*

おまえがやさしすぎる女すぎて
弱ったごきぶりを可哀想がって
少し菓子屑をわけてやったとか
趣味の話題さえいまとなっては
ラジオを聞くのと大差ないとか
おれたちには相談すべきことが
まだまだたくさんあるのだとか
薊野のスーパーで夏野菜を選ぶ
おまえのゆったりとした歩みに
急ぎ足でついてゆくとき
ふいに結縁していたとか

テーブル乞食の社交辞令よりは
巷のチンピラがまだマシだとか

まるで小さな町の情報誌
うなずきあうようにして
老いた女らの読むような、とか
ウェルギリウスにならい
手癖で書いては消していたとか
ああだとか／こうだとか
おれは四国山地の／どこにでも
ある寂しい古寺に／立つ仁王像
おれが阿といいおれが吽といい
おれがハレルヤをいうのだとか
今晩もし帰り道を迷わなければ
今朝の悲願すら忘れるくらいに

もろもろ刹那の呼吸なのだとか

軽トラの車内に
あとからあとから演歌があふれ
軍歌があふれて
おれの両目に涙があふれる
おれの魂はリディムにあふれて
手動で窓を開けてみた
なだらかにどこまでも遠く続く
山の彼方へレゲエを届けるため
雑草の一片の青春を終わり
そして牧野博士
おれはみずからに学名を与えて
山のうえにあるあなたのための
植物園へ繋っていたい

それがたったひとつだけの
おれにできる報恩であるならば
あのザイオンよりもはるか
須弥にまで鬱蒼としてみせよう

ラブストーリーは突然に 2

I. はじめに

コルカタに　生まれた　おれの　父親が
人生をやり直すための　難民申請をして
シータック国際空港でタクシーを拾って

雪が溶けて川になって
流れてゆきます　マウントレーニアから
オリンピック半島のすべての町へ

気楽なインド人であるおれは
いいお日和に　店先で居眠り
ワシントン州立大学
エモのカップルが
時々タバコを買いに来る
往来にひとは少ない

おれには人生について　反芻する時間が
与えられている
おれは人生を　ありふれた
水牛のように　反芻しながら生きてきた
おれは人生を　店先に並べ
それが売られていくたびに
それを奪還し飲み込みながら生きてきた
ノースウエストの人々は

ヒグマの噂に余念がないが　見たことも
ない　そのような畜生に
おれは遠からず食われてしまうだろうか

象の足音　おれは聞いている　いつでも
インド人は孤独な連中だ
浅はかな　ジャーナリストが書いていた
ご冗談を！　現実はその正反対である！
バーに行くようになったので　一人前の
市民だと　申し立てる　つもりはないさ
バーを出た往来でも　何ブロック先でも
響いている足音　もちろん　おれは難民
ハードボイルドな難民　われわれは多い

ナオミは　スツールから　すべり落ちて
おれの　背中に　激突し　ごめんなさい
案外低い声で謝った
あとから　わかった　ことだが
ナオミはネイオミではなくナオミだった
きわめて
アメリカ的な
粗暴な優しさ
おれには可能だろうか
おれたちはノースウエストで出会い――

こんなことってあるんだね、とナオミは
とろけた表情で言う

だがそれは　こちらの台詞　じゃないか

ライスシャワー
理由がある　おれも　おまえも
米を食うからさ

時代が混沌を極め悲惨な戦争が
はじまったとしても、怖がらなくていい
おれたちは市民ですらないのだから
高まりつつある賑やかな楽音
赤や黄色のヒラヒラ
ギラついた剣舞を
怖がらなくていい
おれたちは
同じ理由で生きている　いいか

おれたちは　同じ理由で生きているんだ

Ⅲ.　議論

このようにして
ラークシャサとラークシャシは
ライスシャワーの洗礼を受け
ライシャワーは日本人の　血液が原因で
病気になってしまった
ハードボイルドな　難民　なんて
ほとんど　形容矛盾だと　おれは思った
つたない偶像崇拝
責めないでほしい
愛は　いつも突然に
別れはいつも　突然に　そう　あたかも

悪霊そのもの
そう
ラークシャサは　悪霊そのもののような
顔つきで店の床を磨いている
ラークシャシはいまや
ラクシュミーのように　ふくよかに

また
ライシャワーはブレジンスキーを教育し
ちからずくで奪い取った　愛を
ちからずくで　奪われようと　している
（その後、長過ぎる平和が訪れたことは
歴史を振り返ってみるに明らかである）

おれは　ナオミよ　おまえを　幸せには

してやれなかった
どんなジャズ・バーもおれには似合わず
おれはこそこそと茶を啜った　すまない
全然
そんなことないよと　おまえは　日本人
あの日　あのとき　あの場所で　きっと
信じているんだろう
おまえにとって都合の良い将来とやらを
パイク・ストリート
あいつらと　同類だ
写真を撮りまくる　品のないあの連中と

Ⅳ. 結語と展望

須弥山の頂きから　雪溶けが川となって

八つの海へ注ぎ　黒々と濁るような
短い人生のなかで
あらゆる甘露を味わい
そしてナオミよ　おまえはモアブを去り
ふたたび　ベツレヘムへ　至るであろう
これはそのための　まことの祈念である

世界の車窓から

どうしてすべてを
そんなに複雑にしたいの
両手を広げて怒っている
ライフズアビッチ
答えは、もちろん
答えを待ちきれないから
不幸な思い出を競いつつ
元気に生きてきたからさ

きみの目に涙があふれて
漆塗りのマリア像
クイックサンドに
呑み込まれてしまいそう

おれは海岸を歩いていた
白人の遍路と挨拶をした
昔の旅行の記憶や
小さいころの幸せなんか
全部そいつにくれてやる
全部おまえにやる
おまえを忘れないために

そしてエンジンをかけて

市内へ逃げる準備をする
信号を待ちながら
遠い山を眺めていた女だ
きみも気に入るさ
ニュージャックスイング
白いジャケットを羽織り
そしてアクセルを踏んで

スウェットの王者

豪華貨客船さんふらわあ号が
浦戸湾内を周航していた時代
いわば極東の大航海時代には
これほどの辺境の港町でさえ
お忍びの行幸が噂されるほど
身なりの良い紳士淑女たちも
波止場を闊歩していたものだ
金払いだって悪くはなかった

乗船券は特等を十二枚綴りで
そんな種族のいた時代である
それからわずか数年を待たず
株価がすっかり下がり止まり
換金窓口は閉業してしまった
上等下等の区別が消えたのだ

ホテル太平洋は苦難の時代に
上等なサービスを守り抜いた
あの強い波の音を聴きながら
ブリーチの抜けきった金髪の
ハローキティに小遣いを渡す
それが紳士の矜持だったのか
怒濤のような波濤の振動には
安普請でも十分に堪えていた

ひと回り若い恋人に勧められ
かれはスウェットを愛用した
もちろんチャンピオン社製の
アイビーリーグのロゴ入りの
万年セール対象みたいな――
かれには敵が多かっただろう
入念に掃き清められた庭の前
ボコボコにされた立看板には
九条は宝とだけ書かれていた

海の王者、山の王者、かれは
おそらく空の王、清純な薄い
大気に親しんでいるのだろう
決して一歩を踏み出さないが

それはひとつの行動であった
かれ自身ではそう信じていた

＊

フランク・チャンピオン
通称キャンディキッドは
テキサスの飛行士である
筆山の上空で翼が折れて
墜落死したと伝えられる
アニスを練り込んだ黒い
キャンディ、率直と書き
キャンディッドと読んで
好きな味でもないけれど
はなむけのように食べる

＊

きわめて一時的な景気回復が
再戦のチャンスをもたらした
季節は春、時候の挨拶が済み
それをいくたびか繰り返して
下の毛に白髪の混じる年齢だ
ハローキティは分別を学んで
中学の同級生と一緒になった
十数年ぶりにホテルの近辺の
海岸通りをドライブしようか

渚はクールなオメガトライブ
真昼のクルージングドライブ

自販機が並んだ休憩スペース
車を停めてかれは看板を見る
王国は近い、と書かれてあり
それは一見して新しい看板で
新しい王国がどこにあるのか
かれの興味を誘うものだった

かつては船旅をした男だから
地上の営みには辟易していた
なかんずく政治と情愛に――
改めて言われるまでもないが
王国は近い、王国は近かった
なぜならばここに証拠がある
いまではすっかり贅肉がつき
牛のような肩をした女が――

缶コーヒーを啜る女の唇には
懐かしいほど紅色のルージュ
当時の流行そのままではない
スカートのかたちや眉毛の幅
趣味はニュアンスを変えつつ
折々のリバイバルを繰り返し
男にとってそれは複製である
女の腰から手を離すためには
結局道徳など必要がなかった
チャンピオンは笑顔で告げる
すでに勝敗は決していた――

カローラⅡで引き返そう――
街まで送っていくよ、帰りに

買い物に寄るといい、おれも
いくらか用事があるんだ——
新しい人生、ライトオンには
新しい王者にこそふさわしい
新しいスウェットがあるはず
すでに勝敗が決しているなら

渡海

——藤本哲明氏に

浮津のサンシャインで万引きをした
騒ぎを聞きつけて飛んできた
自治会の力自慢たちに組み敷かれて
久々に不整脈が出たとか騒いでいた
警察はすぐ来た、難儀をした
わしがおまんらになにをした
警察より救急車を呼んでちや
不整脈で死んだ親戚がおりますきに
救急車を呼んでもらえんかよ

それで搬送されたという話であった

親戚も羽根で漁師をしていた
サイパンを生きのびたような強運が
不整脈とは別の些末な理由で
平成元年に他界したのがきっかけで
同年の暮れごろ生活保護受給を申請
相談員が黄色いポロシャツのボタン
ふたつ外すと
初夏なので女の汗のにおいが漂った
このあたりの上空を
最終便で渡るとき海岸に点々と続く
灯は星空よりもずっと面白く
その相談員も趣きのあるほうだった

おれは駐車場に出て時間を確認する
店が閉まる時間
船出の時間
キルケーの島へ
御厨人窟からキルケーの洞窟へ
聞こえますか
ちょっとした騒動
対岸は補陀落
ユニバーサルスタジオ
いまさら感興もないが
平和な海とは悪趣味だ
ずいぶん昔の出来事を
得意気に話す年寄りは
碇を担いで全員沈んだ
平和な戦争のはじめと

終わり、見るべきことをすべて見た
この世に不思議な出来事はなかった
そんな感想を聞くことも多々あった
おまえがどう考えるかはわからない
たぶんおまえは騒ぐような気がする

グローリーホール

勇敢な越境を行った人間
かれは非情なことをした
親を泣かせ友人を泣かし
故郷で奇跡は起こせない
捨て台詞を残して去った

名声を上げたのは幸運だ
出自は墓まで隠し通した
責める資格、だれにある

故郷はすっかり衰弱して
人口も七十万人を割った

ダムに沈んだ地域もある
ダムには外来魚ばかりが
うようよしているけれど
おれはこのダムが好きだ
理由は墓まで明かさない

ところで穴の前に立って
順番を待つそこの小作人
あの銅像を見ても、おい
少しも悔しくはないのか

モーツァルトの未亡人の

再婚相手、デンマーク人
墓には簡単な紹介がある
モーツァルトの細君の夫
死人に寝取られたなんて
茶化す声もあるというが

リズム・ネーション

Tam arte, quam marte
（力のみならず技も）

潰れかかった想いがひとつ
　酒に火照った身がひとつ
雨のなか傘もささずに
　四天王寺まで
きみに似た子を探して歩く
　おれがカシアスで
　きみはブルータス
だったらきみのほうこそが
　男に生まれるべきだった

Ⅰ．光の射す方へ

黒潮が低い山ぎわに入道雲を
育てそれが黒々と集まるとき
喇叭よ響け、雨の兆しとして
わたしたちはアーケード街へ
逃げてゆきそのとき再会する
そして手をつなぎ階段を昇り
二度と離れまいと誓い合おう

重低音のなか安いビロードの
ソファーのうえでぐったりと
なっているわたしにまたがり
腰をくねらせた女たちの話だ

大きな街には冒険があふれて
男も、女も
キラキラとした稚魚であった
ビジネスホテルを出ると
まぶしい光、大きな都市
こんなことされて
嬉しいなんて
こんなことされて
タイマーが鳴って
ティッシュを使い
カードをもらって
よたよたと退室してゆく
あんなこと、こんなこと
いっぱいされる
まぶしい光の大きな町で

われわれが過去に遡る行為を
復刻などと呼ぶ者たちのため
時間はビールの銘柄になった
つがいを撃たれた雁のように
窓辺にもの想う寡婦のように
あるいは気安い賭博のように
失ってしまえばそれで終わり
まぶしい光の大きな町は
時をつくる鶏よりもたしかに
聖なる思い出　聖なる風習を

Ⅱ．天国への扉

ものすごくサスの効いた緑や紫の
キャデラックデビルが白人どもの

私道に不法侵入しそこで好き放題
跳ね回っており、ボンネットには
金髪や濃いアイメイクのボニタが
乗っかって美味そうなケツをふる
天国はそんな場所だと思っていた
ライムたっぷりのセルベサとタコ
ふらふらになるまでマリファナを
吸ったりホーミーたちとお互いの
車を褒めあったり、どうでもいい
おまえたちの法律や掟なんてのは

まもなくおれはベノマに出会った
あいつは優しいオカマだったから
おれみたいにパッとしないバトを
すごくチンゴンだと言ってくれた

ベノマはおれを愛してくれたんだ
もちろん警告が何度もあった――
リル・ビセンテには毎日のように
説教を聞かされたさ、だけど毎日
肩をすくめてやつは帰っていった
おまえ本当に殺されちまうんだぜ
覚悟のうえさエルマニト、おれは
オカマが好きなんじゃない、ただ
ベノマはおれを愛してくれたのさ

おれには全然わからない、あんた
判事なんだろう――わかるだろう
ガスが切れるまで東に走って車は
砂漠に乗り捨てた――わからない
どうしてあんたまで裏切るの――

オカマのベノマは次の日野球場で
大勢のホーミーたちにリンチされ
彼女の頭は裂けた竜舌蘭みたいに
なってしまったということだった
だから今日おれがこの町に戻って
この町と一緒に人生を終わるのは
おそらく彼女の導きなんだと思う
ピストレーラを握りしめ馴染みの
ドミノハウスへ、ガキの時分には
よく顔を出したものさ、あの頃は
こいつの目的なんて知らなかった
パパがママに浮気を白状させるか
ほかのろくでもない使い途くらい
だけど使い方はとても簡単なんだ
やつらは今日も楽しんでるだろう

天国はこんな場所だと思いながら
きっとやつらは間違っちゃいない
やつらは自分の意思で天国へ行く
おれはほんの少し手を貸すだけさ
天国はそんな場所だと歌いながら

Ⅲ．天国

パーティホールの壁の奥の
小さな隠し部屋、わたくしの居室
わたくしの苦言が甘いというなら
それは野蜜が甘いように甘いだけ
子供の頭ほどはある向日葵の花が
子供の背丈に並ぶ夏の庭を
子供のように鼻の頭へ汗浮かせて

歩きひとの親となる子らよ
あなたがたにはっきり伝えておく
もしも壁の奥のわたくしが
牛馬を養う番であったなら
あなたがたの股間をくぐりざまに
両方の睾丸を噛み落としただろう
あなたがたには必要のないものを
土へ還さねばならないなら
そのように召命されるのであれば
わたくしは進んでそうするだろう

――そしてまばらな拍手が止むと同時
花の腐ったようなにおいは遠く走って
ふらつくわたくしをテーブルへ誘った
酒神バッコスの美酒ネクタールよりも

甘々とした気品、とうとう巡り会えた
相席差し障りございませんか
レダーを奪った白鳥のように
あなたの貞操を求める者です
わたくしは思い知らされたのに
ここはそういったお店ではない
わたくしは思い知らされたのに
だれかこいつを外へつまみ出してくれ
それから男たちがやってくるのに——

Ⅳ. 煉獄

あれから十年
　　思い出の地を歩く
ニコニコと名脇役みたいな

きわどさをまとい
それから十年
次は火だ
小さな
わだかまりを
忘れたならば
この火はわが身に
燃え移るだろう
科学は礎
科学がなければ
おれには詩なんか
おれには無理です
卒業アルバム
銃を構えて
傭兵になる

つもりだったのに
走れ、トマホーク、投げる
賽銭箱に二十セント投げる
片手拝みで
あれから何年になった

ビッグマークロゴ
カールカナイ
上下バチバチの青でキメて
折ったバンダナ
斜めに巻いた
足もとの要は
便所スリッパ
むずかしい顔して
どうせろくなこと

考えてないでしょ
他人の女のみごとな胸もと
遠慮のない視線を送るとき
クィークェグのようだね
おれたち
忙しく動きまわる
自分の姿を空から
眺めるようなもの

吐息は煩わしく
しきりに咳をして
何度かは応援をいただいて
悩みがすっと消えていった
おれたち
下駄を履いて詩吟を唸った

東アジアの統一を夢にみた
科学は礎、統一の根拠
統一の読み方は
　　トンイルでもいい
とても破天荒な
　　夢をみていた
とても古い時代の人々
これは運命なのだと思った
甘い残り香を感じながら
熱いかすうどんを啜る
財布をしまえば
遊びもおしまい
チャンスは木に
なっている——おまえは
　　手をのばせばいい

スカしたポンビキ
くされビッチども
金より別のことを
期待するのは筋違いだぜ
まぶしい光の大きな町で

*

跋（昼休みのソネット）

想像してほしい摩天楼を行く
ペシャンコのカエルの主人公
あなたの大きな尻に敷かれて
ペシャンコになってしまった
だから紙になってひらひらと

ビルの谷間風に舞うみたいに
軽妙な人生を送りたいと願う
青空を漂うカエルの落書きに
子供らは歓声をあげるだろう
カエルはニヤリと笑うだろう
ウインクさえしてみせるかも
しれない――そしてふわりと
路地裏に落ちるかもしれない
あなたが拾うのかもしれない

メエルシュトレームに呑まれて

悪趣の衆生は煉瓦を積みながら
ハワイ、グアム、トラック諸島
ビルを建ててその屋上のバーで
ドライマティーニを嗜む
マウナケアに入道雲が起これば
たちまち空に怒りが満ち
慌てて逃げ戻るほかない
慣れ親しんだ大平原の都市まで

すなわちおれが入道だったころ
道心は戯論にかき乱され
苦患を去るように海を渡ったが
そのとき感じた波濤の予感こそ
本日の大波乱を示していたのだ
本日魔法は解けるにちがいない

だれもが同じ食卓に就いていた
酔いにまかせて航空券を破って
いまや選択の余地もなく
仲良く協力して暮らしましょう
小娘が踊るままに歌うのが合図
小さな集落が自然発生し
集落は村になり国となる
そこには必ず酋長が白髭を蓄え

椰子酒などをふるまう習わしだ
ほんの数時間前のことだ
だれもが同じ食卓に就いていた
海亀を象ったランプに火が灯り
恋人たちが愛を語り出すまでの
あまりにも優雅な夕暮れだった

阿闍梨よ、おれは油断していた
騒動の起源は故郷にあったのだ
新しい生活の求めに応じ
松の葉を斎料とした呪師
プロスペーロウが黒幕であった
そして無力な人々は搾取された
揺れるソテツも芭蕉葉も
冬には蕓菰を必要としたからだ

かれらは流木の海藻を落として
それを乾かして火を作り
また流木は胴をくり抜き
舟とするべきだったのだ
プロスペーロウを浜まで
引き立て懺悔を強いるよりかは
まずかれら自身のための
新大陸を探すべきであったのだ

冬のソナタ

1

冬がきたら
空き地に集まって
貧乏なやつばかり
ぞろぞろ出てきて
ドラム缶で
焚き火をするんだ

虹色の髪の
バカな若い連中が
シャンパンタワー
インスタグラムに
写真を載せ
常夏の毎日ならば
おれは若くなくて
むしろラッキーさ

2

冬がきたら
親子でおそろいの
ダウンベストなど

親から子へ
子から孫へ
伝えてゆくだろう
また今年の

クリスマス
ダウンタウンには
ベビーカーが多い
車椅子から
立ち上がり
おれが歩くならば
赤子も歩くだろう

3

冬がきたら
春を予感しなさい
信仰はプレゼント
ダウンタウンには
ラッキーな
やつが少なくない
貧乏だから
幸せなんだ
片足を引きずって
ナイトクラブの扉
入口で立ち止まり
目を閉じて
春のビートに少し

肩を揺らす

4

冬がきたら
厚着の赤ん坊たち
親に抱かれ
円になって
真冬のサイファー
足が跳ねて
もう少しで
ダンスもできそう

今日はクリスマス
少し歩こうと誘う

もう若くないから
母親だから
そんな言い訳にも
おれは春を感じる

遠い部屋

詩の女神は売女と
なんら変わらない
コットン・マザー

土地を棄てた者ならば
思い出せないだろう
土地を棄てた者の名を
空港に冠して
土地を棄てた者のため
ミュージアムを建てて
列車にまで絵を描いて
土地を棄てなかった者
かれらのための

一行の碑文もなかった

今日はもう一杯やろう
ずっと別居中の女房が
仕事の都合とやら
ついに東京へ去るから
たこ焼きを肴に
安い冷酒を飲みながら
悲しい身語りであった

おまえたちの思い出は
口にするのも憚られる
あらゆるエピソードに
ユーモアがないからだ

＊

ある本の序文のなかで
サルトルが書いている
植民地の行政官は
ヘーゲルを読むために
給料を貰うのではない
もちろんおれは賛成だ
愚痴を言う元気もない
すべての詩は
深刻な相談であるから
相談であるべきだから
それでも乾杯するのは
それが慣習であるから

やがて詩は体裁を失い
年に一度の祭りで響く
耳障りなかけ声となる
地方車のうえで
ひしめき合う半裸の男
久しぶりの帰省らしい
夢中になった遊びなど
おれにはひとつもなく

かれらの結婚にしても
擁護するつもりはない
黙殺をすればよかった
うまいものをたらふく
食べたあとで
息のにおいを気にする

まるでホステスくずれ
つまらぬ人生
かれらが暮らした部屋
かれらだけのホスピス
想像しながら
おれは酒をついでやる
初心なホストのように

オリジナルパイレートマテリアル

陰惨な事件があったわけではない
陰惨な気配のみが濃厚なのである
そういった場所は特別珍しくなく
カーブに乗り棄てられた路線バス
ハクビシンとムササビの棲むまで
夕餉の話題にすらのぼらなかった
古い県議選ポスターが風に翻って
政治は朽ちて、経済が朽ちるまで
離散し追放され戻ってきた人々が

堆肥となって林道に積み上がって
新しい文化が芽吹きはじめるまで
ビーブレイブ、クレンチフィスツ
集落に声が聞こえはじめるまでは

漁村にまでその噂は伝わっている
南風が爽やかなトロピカルビーチ
しかし背後には常に用心しなさい
iTunesのお気に入りリスト
年下の恋人に聴かせるというなら
ヨットはのどかに沖を行くけれど
しかし背後には気を配らなくては
とりわけ細い山の道を帰るときは
血のように赤い珊瑚の林を抜けて
海のほうからやってきた執拗な男

何年もバスに寝起きしていたのだ
気づいていたのはおれだけだろう
真夜中に斧を砥ぐおれだけだろう
あいつが犯人だとあいつは叫んだ
その首をおれはひと振りで落とす
最期は声のみが残り谷へ響きつつ
次はおまえの番だと宣告していた

ふたりの世界

小川のほとりにかがみ込んで
丁寧に大根の泥を落とす農夫
晩飯を済ませたら国道沿いの
スナックへ誘いだされてきて
薄い水割りを何杯かやっては
ママとデュエットを歌うのさ
ジョージハリスンに似ている
笑ったときの皺の感じなんか
昨晩から続いた話題も尽きて

濡れ布巾でテーブルを拭けば
生乾きの匂いが漂って消えた

二階の寝室には遺影があって
朝日とともに新緑を反射する
まるで故人が山の権現となり
ふたりを降伏しているようだ
夫婦になってもあと十数余年
男はランニングシャツを着て
一礼してから部屋を後にした
早採れの大根は辛いけれども
烏賊などと煮ればけっこうな
つきだしになるものだなどと
気遣いを忘れない女性だった

ふたりの世界と輝いた看板の
その店で今晩、一曲だけなら
みんな笑って飲んでいたから
だれも聴いていないイントロ
だれもいない世界、一曲だけ
村松仁淀です、お聴き下さい
ふたりの世界、ふたりだけの

付記

大都会で大きな希望もなく生きていたわたしが、生まれ故郷に戻り小さな希望を拾い集めた。不吉なことを書こうとも、そこに必ず希望を発見しなければならない。わたしが学んだのはそういうことだ。

やがて精霊は現れ、希望が現実となるだろう。わたしの人生で最も大きな、叶えられた希望である妻と娘にこの詩集を捧げる。

二〇二〇年秋　官舎にて

村松仁淀◎むらまつ じんじょう
一九八三年生まれ。高知県高知市出身。
大野南淀、藤本哲明との共同詩集『過剰』（二〇一六年、七月堂）。

ホール・ニュー・ワールド

発行日＝二〇二〇年一一月一七日
著者＝村松仁淀《むらまつじんじょう》
発行者＝春日洋一郎
発行所＝書肆　子午線
〒一六二－〇〇五五　東京都新宿区余丁町八－二七－四〇四
電話　〇三－六二七三－一九四一　ＦＡＸ　〇三－六六八四－四〇四〇　メール　info@shoshi-shigosen.co.jp
印刷・製本＝モリモト印刷

ISBN978-4-908568-28-2　C0092